KB098924

안녕, 잘 지내지?

지혜사랑 293

안녕, 잘 지내지?

김영석 시집

지혜

시인의 말

그저 진솔하게 이야기하고자 하였습니다
같은 세기를 사는 사람들의 아픈 모습
절망하고 힘들어하는 나를 비롯한
크게 사람의 모습까지
그저 겸손할 따름입니다.

시가 종교나 마법은 아니지만
상처 나고 쓰라린 가슴을
아주 부드럽게 쓰다듬으며
슬픔과 아픔 때문에
살아있음을 꿈꾸고 나갈 수 있음을
위험하지 않은 최면제에 취하기를

2024년 여름

차례

2부
별일 없지?

3부
어상천 가는 길

• 일러두기

페이지의 첫줄이 연과 연 사이의 띄어쓰기 줄에 해당할 경우 >로 표시합니다.

1부
하늘이 뚝 떨어지면

하늘이 뚝

노란 은행잎 하늘에서 뚝 떨어졌다
떨어질 준비를 한다
가을을 떨구는 샛노란 바람
몸뚱이는 풍장 되는 거지
알맹이는 조장 되는 거지
이파리는 화장되는 거지
밟히고 나뒹굴고 썩어가고 매장되는 거지
낙엽 타는 냄새
가을이 뚝 떨어진다
파란 하늘이 뚝 떨어진다

넌 떨어져 봤니?

모네의 탁자*

소리들이 불똥으로 떠돌다
살갗에 물집 잡힌 늦은 오후
하늘은 낮게 내려앉아 어깨가 가볍다
낯선 기억이 청동녹으로 뒤덮인
자물쇠를 슬핏 열면
스르르 잠에서 깨어 꿈속으로 스며든다
새벽에 작업하던 분선반 드릴 날에 뚫린 손가락이
가려워지기 시작한다
2층 창밖으로 반사되는
정수리 머릿결 고운 뒷모습
강물에 풀려
간성 바닷가 이름 잊은 파도에게 아이피 설정하고
어깨에 둘러맨 가방에서
구겨진 말들을 꺼내 모래에 파묻는다
울퉁불퉁한 나무가 뿌리를 자르고
그림 속으로 걸어 들어가면
지네처럼 꾸물꾸물 긴 밤이 시작된다

모네의 탁자에
대서양 햇살이 물이 되어 흘러내린다

* 서울 남영동 큰 거리 2층 카페 이름

직하폭포

벼랑 끝에서 바닥을 보아라
끝을 향해 밑바닥을 향해 사정없이 모두 놓아두고
전속력으로 떨어질 때 비로소 자유를 꿈꾸다
던져버리지 못해 떨어질 수 없던가 사랑도 그렇다
싫어할까 봐 놓칠까 봐 영영 잊힐까 봐
목숨도 그렇다 어디로 갈지 몰라서
두고 갈 것도 없으면서
뛰어 들어가야 버려야 움켜잡을 수 있을까
웃기지 말아라 다 뜯겨도 미끈거리는 튀어나온 볼
광대뼈에 손톱 박고 젖은 풀줄기라도 움켜쥐어야
절박하게 하늘에서 떨어지지 않으려고
피투성이 되어서도 결코 놓을 수 없다
확 놔버려라
수직으로 떨어져 보아라
초혼初魂, 재혼再魂, 삼혼三魂 목 터져 울부짖다
떨어져 버린다 말라버린다. 아무것도 아닌 것을
거꾸로 올라간다

가을 바위 낙지

도마 위에 살아있는 꿈틀거리는 낙지를
흡반, 도마를 꽉 잡고 있는 낙지를
하나하나 잡아 뜯어 바다의 생애를 토막 친다

팔다리 무릎 삼베로 꽁꽁 묶는 게 혹시
다시 일어날까 봐 벌린 입을 억지로 다무는 게
무슨 말이든 못 하게 하려고
너희를 맹렬히 지켜볼 거라고 부릅뜬 눈
꾹 눌러주며 감겨 버리는 게 다 이유 있어

그때 돌 틈 사이에 숨어 있다가 불쑥
물길 거슬러 오르는 작은 물고기 발로 잡고 악판으로 물어
잘게 찢어 먹으면서 머리 흔들고
긴 팔 긴 다리로 유유히 바위 위로 오르고
연체동물 그 부드러운 몸뚱아리 수초 사이로
유영하며 흘러가며 제3 우완으로 교접하고
여린 본능 넉넉히 끌어안고 풀어버리고

타우린 히스타민 먹으면 몸 회복될까 정력 늘까
살아 있는 다리 입으로 넣는다 소금 기름 발라가며
입술 위로 붙는 강렬한 흡반 떼어 놓고
꿈틀거리는 꿈틀거리는 두려운 아우성을

목어木漁

자기 색깔 바래서 자연이 돼버린
통통거리며 햇비늘 반짝이는
동자개 한 마리 헤엄쳐 다닌다
동자승 옷고름 풀어 헤치듯 헤엄쳐 다닌다
흔하디흔한 굴러다니는 참나무 한 조각 얼빠진 집 주인 놈
낫으로 쓱싹 몸통 만들고 참 재주도 없어라
울퉁불퉁 제각각 비늘 만들더니
꼬리지느러미 가슴지느러미 기막힌 균형미
입은 왜 벌려놔서 바람 잡아먹게 배만 고프게
놓쳐버린 소슬바람 휘익 도망가고
휘어진 꼬리지느러미 왼쪽으로만 뱅뱅
그래도 작품이라고 대문 위에 매달아 놓고 헤벌쭉
해넘이 옆바람 불어올 때
어즈러운 왼방향 더 어즈러워 또랑또랑 소리 내면
대충 쌓아놓은 돌무더기 탑 우웅 우웅 대답한다
어서 밤 오면 좋겠다
몰래 밤마다 마실 다녀오는 줄 모르겠지
하늘강 따라 휙 날아오르는 줄
별 배 저어 다녀오는 줄
성운 배부르게 먹는 줄은 모르겠지
아침이면 또랑또랑
시치미

뚝
헤엄쳐 다닌다

동량역東良驛

진달래 향기에 취해 훅훅 달리다
무궁화 여객 열차에 치여
태백 가는 화물열차 부본선으로 대피한다
회송되는 탱크로리보다는 여객이 먼저라고
비켜주기는 준다마는
부렁부렁 디젤기관차 짜증 났나 보다
달리는 길에 인등터널까지 쭉 빼고 싶었는데
사람 하나 없어 심심하던 동량역
투덕댄다 그리 급하게 갈 것 있나
천천히 여기 깨끗한 공기도 마시고 급하기만 했던
여정 숨도 돌리고 지나온 길 튼튼히 왔는지 되돌아보고
제동은 잘되는지 완해도 잘되는지 추슬러보고
매번 지나치기만 했던 여기 눈에 담아보라고
어깨 툭툭 친다
굴피나무, 노간주나무, 서어나무, 참죽나무, 상수리나무들
이름 불러주고 눈인사라도 하라고
공군 전용선 유치되어 있는 탱크로리 벗들에게도
고개 숙여 인사하라고 고구려 승마클럽
발정 난 수말에게도 남세스러우니 그만 킹킹거리라고
이렇게 스렁스렁 서 있어 보니 비로소 볼 수 있고
만날 수 있는데
바쁜 무궁화 여객 열차 쐐 바람 때리며 지나간다

나도 이제는 준비해야겠어
출발신호기 진행 터지면 기다리고 있을지 모르겠지만
충북선 철길 따라가 봐야겠지 진소천 지나 연박터널 지나

동량역,
잠깐 동안 또 봄 깊어간다

황태의 반란

어제 바람 쏟아져 내리는 덕장에
꾸득꾸득 말라가는 명태 걸어놓았지
자꾸 커튼 치는 눈송이도 같이 걸어놓았지
지난밤 영하 15℃ 혹한 망태로 걸러내서
통나무에 두름으로 엮어놓았지
덕대에 매어달린 통통해지는 황태 익거든
죽죽 찢어 소주 한 잔 커어
이번 겨울 하도 추워 질려버린 백태
구부러지지도 않는 뻣뻣한 새벽 공기가
꼿꼿한 무두태 같아서
덕장 오르는 길 쌓인 눈덩이 넉가래로 밀어버리고
간밤 덕대와 덕대 사이가 촘촘하여
봄 햇살도 얼어버린 발 같아서
어서 오라 싸리나무 몇 짐 지어다 놓고
관태하자니 속감장처럼 타는 줄도 모르고

반란을 꿈꾸며 먹태, 백태, 무두태
미라처럼 구부러지지도 않는 지느러미로
덕대에서 내려선다
황태 너는 남아 늙은 시인의 시가 되어라
얼어버린 강 따라가다 보면
바다 만나리

몸서리치게 그리운 비린내 맡으리
얼음 녹으면 내 살덩이 주고라도
대가리라도
똥이 되어 바다에 가리라
황태 덕장에 무두태 똥 같은
눈송이가 자꾸만 하늘로 올라간다

올무

산은
훤히 자작나무 아랫도리 드러내놓았다
숲은 빛을 가리지 않는다

어둠 속에 숨어서 사냥감을 찾아내는
비린내 나는 포식자의 노란 눈빛
어느 순간부터 노려보고 있다

부스럭거리는 소리에 쫑긋거리는 떡갈나무
위장진흙 잔뜩 바르고 엄폐하고 있다
서슴없이 빛 먹어 치우고 도토리 퍼트리고 있다

겹겹이 축축한 촉수를 거미줄처럼 늘어트린 채
한 놈 걸리면 꽁꽁 묶어
여울에다 가둬 놓고 체액 빨아먹는
시냇물 낙엽 더미에 숨겨 놓은 소리
음흉한 바위 소리죽여 울고
음습한 동굴 속에서
아홉 바퀴 뒷너미하는 흰여우 꼬리
아무리 잘났다해도 너는
맛있는 사냥감에 지나지 않아

>

조심해
먹잇감 되기 싫으면
숲으로 난 이 길로 들어오지 말아
은사시나무 화살 날릴지 몰라
이제 산은 빛 가려 받지 않는다

마음껏 피기

참 힘든 세상이라고들 한다
그래 힘도 들겠지
거친 들판 홀로 서리 맞는 세상
어쩌랴 그래도 가야지
누구에겐들 바람 불지 않는 시절 있겠느냐
펄펄 끓는 청춘이든 시들시들 중년이든
기억 빨아 먹는 노년이든
생 아닌 것 있더냐
바닷속에서 헤엄치는 대왕고래도 비 맞는다
기댈 곳 하나 없어 기울어지고 휘어져도
한 이랑 한 이랑 마른 잎새 떠다니는 강 따라
파도 꽃 피는 바다로 가보자
갈 수 없다고 무릎 구부리지 말고
손가락으로 저어서라도 바다로 가보자
언젠가, 언젠가 한 번은 피어나지 않겠느냐
이번 생 이렇게 힘내서 가보자
이것도 인생 아니드냐

복어꽃

아야진항 비린내 나는 횟집이 좋다
복어꽃 먹기에는
소주가 좋지
아니 맑은 청주가 좋지

복사꽃 꽃잎 같은 복어꽃
하늘하늘하여 손대기 싫지만
꽃잎 하나 입에 넣으면
향기가 칼날이 되어
조각조각 혀를 자른다

아름다운 꽃에는 칼날이 있다는데
복어꽃에는 독이 있단다
혀도 마비시키고 뇌도 마비시키는

복어꽃이란다
향기도 독이 되는
복어꽃잎 한 마리
독에 취하는지 술에 취하는지
온 가슴 속에서 헤엄친다
바다 내음 가득도 하다

용대리 겨울 직포

한겨울 진부령 뚫고 용바위 폭포가
사방을 옥죄고 있다 나를 부르고 있다
용바위 덕장 근처 잠시 멈춰
방망이꽃으로 매달린 황태덕장도 얼어 있다
꽁꽁 언 황태는 해바라기가 되었다
눈보라 치는 얼음폭포는 멈추어 서서 하늘로 오르려는 듯
찰나의 순간이 생생하여
떨어져 쏟아질 것 같은, 황태들이 떼 지어 오르고 있다
물의 속살 훔쳐보다가 서늘한 정신을 보았다
고요 속에 격렬한 울림
하얀 물보라 주위를 얼리고 있다
순간 나는 폭포에 압도되었다 벌벌 떨며
괜한 심술 일어나 얼음 기둥 거대 망치로
깨트려 봄의 대문 열고 싶었다
얼음 기둥 우르릉 무너지며
황태들이 폭포 거슬러 오르는 순간
나는 옷깃 여미며 허리 숙여 삼배하고 있었다

마음 바쁜 그 때,

좋아한다는 말씀은
소담한 다육이 이파리에 얹어두고
한결 편안해진 당신의 모습
그저 말없이 봄 지나가는
이층 찻집에 앉아 지켜보는 것입니다
매일 앓기만 하는 당신
더딘 발걸음
당신에게 가는 길 돌고 돌아가는 길
그래도 좋기만 한데
매일매일 지친 당신
속으로 속으로 불러봅니다
느릿느릿 피어오르는 노란 꽃봉오리
당신이라고 불러봅니다

첫 비는 내리고

당신과 만난 후 처음으로 맞이하는 비랍니다
수만 마리 개미 떼
땅거죽으로 정신없이 달아나고
한가하게 늘어져 있던 길들
촘촘하게 그물 던져놓습니다
담벼락에는 푸른 불빛 출렁거리고
수국은 굳은 몸 뻗으며 가지에 순 올리는 것이었습니다
소리 없이 번져가는 동그라미 속으로
숨겨 놓은 당신을 만나러 갑니다
이런 날에 누군가는 의자에 앉아
창밖으로 긴 한숨 뱉어낼 것입니다
누군가는 먹장구름 속으로
가슴을 움켜쥐며 담배 연기 뱉어낼 것입니다
달뜬 빗줄기 뜸해지면
나는 격정과 순정으로 기도드릴 것입니다
당신을 처음 맞이하는 그 무슨 떨림으로
간절해져 불쑥 방문한 그대를
시리고 아픈 눈으로 쳐다볼 것입니다

도벽盜癖

네 마음을 온통 훔치고 싶다
송두리째 훔치고 싶다

채송화

이 허전함 참 오래간다
무리에서 떨어진다는 것
외톨이 된다는 것은 권태로운 즐거움
혼자 즐겨본다
발 까닥까닥 놀아보는 늦은 오후
저 혼자 피어있다

너를

너에게 가까이 갈수록
너는 바다로 간다
돌아오는 길은 멀기만 한데
너는 섬이 된다
그 섬에 붉게 피어난 동백꽃
네가 붉은 동백이 참 이쁘다고 매만지는 순간
햇살도 숨을 죽인다
붉은 꽃잎도 과분하다
근처에서 피는 들풀이어도 좋다
네 머릿결을 어루만질 수 있는
섬에 부는 해풍 한줄기여도 좋다
너는 모를 것이다
네 깊은 한숨조차 안타까워하는
너는 모를 것이다
네 눈물도 내겐 진주가 되어버리는 것을
너는 섬이 되었고
나는 섬에 묶인 난파선이었다

외 끝 사랑

피 받지 못하면 상하지 감각 저하로
끝에서부터 괴사한다 합디다
혈관이 좁아지고 피가 탁해져서
동맥경화나 만성신부전이 된다 합디다
심장에서 뇌로 하지로 손가락 끝
발가락 끝까지 흘러가야 하는데
피가 부족하다 합디다
남의 피를 받든지 투석기로 전부 뽑아내고
새로 넣어야 살 수 있다니
기가 막혀 탁 놓고 싶은데
이놈의 심장 멈추라 해도 틀어막고 눌러도
투닥투닥 잘만 뛰어놀고 있으니 갑갑하기만 합니다
내 심장 내 맘대로도 못 하니
환장하겠는데 저 혼자 좋아라하니
수면제 듬뿍 먹어도 못 잘듯합니다
가끔은 찢어질 듯 아파 와서 가슴 부여잡고
식은땀 흘리다 팡팡 가슴 언저리 두들겨보는데
심근경색이라고 잘못하면 급사할지도 모른다 합디다
두렵고도 무서워 꼼짝도 못 하겠는데
이놈의 심장 벌떡벌떡 잘도 뛰놀고 있는 것 같습니다
이놈 죽어서도 멈추지 않을 듯합니다

단풍

완전히 마음의 방 내주어
서로에게 스며드는 저녁
청사초롱 들고 기다리는 사람
하지만 너는 바로 떠날 사람

떨어질 때를 기다리는
붉은 마음 어쩔 줄 모른다

석종石鐘

오래도록 우려낸 침묵
맑고 깊게 퍼져서 간다
그의 두툼한 손길 닿는 곳마다
새순 불쑥 키가 커지고
왁자지껄 떠들던 버들치 한 박자 숨소리 낮추는 것을
꽃들은 자기만의 색깔 더하고
다 늦은 저녁
천년 잠에서 깨어난 결 고운 돌무늬 고요히 눈을 뜬다
동그란 원안으로 들어와
골똘히 제 속 들여다본다
열린 옷깃 여미고 바다로 가는
넓은 강물처럼 당신은,
숲 사이 우렁우렁 걸어 나오시며
빠진 이처럼 춥게 서 있는
낡은 옷 입은 사내의 머리 위에서
괜찮다, 괜찮다고 낮은 기침 뿌리신다

늦가을 초겨울

더는 떨굴 이파리도 없는
굴참나무 가지에 내어줄 것도 없는
앙가슴에 한겨울 준비하려는
마스크 챙기는 뿌리에게
춥기만 한 겨울 싫어 어찌 견디어야 할지
너 없는 시간 어찌
지내 왔는지 또다시
쓸쓸하기 싫어 마른 땅 꽈악
움켜쥐는 뿌리에게
슬몃 치어다보는 저녁 햇살
참 당신이 보고 싶다

정말?

꽃 아니어도 바람이어도 좋은데
다른 욕심은 꿈도 꾸지 않는데

혹여 누구에게 상처 주지 않았는지
녹슨 소리 못으로 가슴에 쾅쾅 박지는 않았는지
파도랑 놀다가
사람이 좋아 두근거리다 소리에 귀 기울이다가
둥글둥글 돌이 되어 동량 강변에 구르다가
남들 좋다는 한강 변 뷰 좋은 아파트
근처에 못 가봐도 내 안에 가득한
가을 강변 가슴에 새겨 넣다가

이래서 바람이 되어도 좋은데
가난해서 가진 것 하나 없어서 좋은데
꿈이 없어서
정말 좋다

2부
별일 없지?

안부

늘 생각하고 있으니 깊을 것도
대단할 것도 없는 일일 것이다
바람 불고 먼지 일어나고 비 오는 하루 중에
동쪽에서 빛 오고 날마다 그렇게 저 산언덕에
햇살 풀어지는 것처럼 그윽한 일이니
목소리 낮추어 그 이름 하나 불러보는 일도
입속으로 두런거리는 일인 것처럼 대단할 것도 없는

오후가 되면 비 올 것이다 그 비 그칠 것이다
먹장구름 피어오르니 틀림없을 것이다
다만 그때까지 흐트러짐 없이
불러보는 이름
다시 무인도에 등대 반짝이기 시작한다
(다시 문자 하나 보내본다)

목종

연지에는 목종이 있다
깊은 밤이면 저수지에서
옅은 종소리 울렸다
여름에서 가을로 흘러갈 때
아직 싱싱한 이파리 가만 떨어져도
화들짝 놀라 입을 벌리는
어린 잉어 같은 물결
소리 없이 번지는 선율 그려내는 것이다
너를 처음 봤을 때 내 그림자 되었을 때
동동 가슴 속 저수지 그리 울렸을 것이다
잔물결 내 가슴에
노랫소리 목종 소리 가득하다
고요한 숲 으스스 몸서리치고
수면은 잘게 몸 떨고 있다

무인역 달천

녹슨 시간, 목침목 삭아가는 틈에
제비꽃 향기 뿌린다
선로전환기는 본선으로 개통 되어있고
출발신호기 퍼런 눈 치켜뜨고
흔들리지 말고 가라 신호를 준다
무궁화호 열차가 지나가는 달천역은
스쳐 가는 하루 중에 극히 작은 찰나
겁나게 흐르는 시간도 잠시 멈추어지는 그림
보이지 않아도
연동장치는 틀림없이 제 연산 빠르고 정확하게 하고 있을 터고

기구함 주변의 잡초들
자리 하나 잘못 잡은 죄로 사정없이
뜯겨나가 풀숲으로 던져지고
그곳에는 민들레 쇠비름 애기똥풀 질경이 쇠뜨기 관중 씀바귀
잡풀이라는 이름이지만
삶이라는 별 헤아리듯 피워낸다
누군가는 누군가에게 통화하며 차창 너머 그림들
언 듯 스쳐 보내겠지만
제비꽃 목침목 삭아가는 구석 흙 자락에

뿌리 단단히 내려 여물어가는 씨앗 움켜잡고
무서운 굉음의 모서리 치는 속도
열차 뒤바람에도 굳게 일어난다

열차 안의 바쁜 시간이나
달천역의 느린 시간이나
바람 불고 해 비치고
소소히 흘러가는 것이다

석상

여기에서 걸어 나갈 수 있다면
강물 속에서 뚜벅뚜벅
허기진 나무 밑으로 걸어갈 수 있다면
내 피가 머루주처럼 차가운 돌덩이 혈관
구석구석 돌아 철근 같은 무릎
후두둑 떨쳐낼 수 있다면
끓어오르는 피 생명을 꿈꾼다
오래된 잠에서 깨어
내 소중한 돌 팔 한 개쯤 뚝 끊어내서라도
누군가 그토록 버리고 싶어 한
고단한 하루라도 내 것이 된다면
뜨거운 눈물 흘린다 내 눈물은
강물로 흐른다 강물이 된다
모래가 된다

견고한 저녁

업무용 트럭에서 내려 사무실 계단에 걸터앉는다
전차선을 반으로 갈라놓은 낡은 햇살
지친 무릎 고갱이 토닥이는 아주 늦은 오후가
붉은 포도주 슬쩍 건넨다
바람이 잔뜩 파도 몰고 와 작업화
진흙을 털어낸다
시계는 디지털로 미적분을 풀고 이쯤이면
피곤이 견갑골 인대를 하나씩 문지른다
등허리에 짊어진 삶의 무게는
이제 한결 가벼워져 한 손에 든 참외 봉지 같은데
어설픈 웃음 쓸데없이 떠올린다
투망 던져진 하늘은 길게 낮게 산으로 쏟아지고
정리해야 할 잔무는 스렁스렁 자판 틈으로 스며들고

퇴근 직전, 일상의 시간을 내려놓으면
견고한 저녁이 허기진 뱃속으로 스며들어
차분하게 밤을 밀고 들어온다
넋 놓고 있어도 힘겨웠던 하루
샤워실 흐리멍덩한 거울 속의 나를 향해
슥 손으로 문지른다

취몽醉夢

알고도 취하고 모르고도 취하는 거
기분 좋게 취하는 줄도 모르게

바닷바람에 슬렁슬렁 벌겋게 취한 얼굴로
풀숲에 숨어 시치미 떼고 있는 너 닮은 꽃

80대 노인네들 세월 쌓인 너스레와
홀 서빙 아줌니의 경계 모호한 댓거리에 취하고
과하지 않은 잔 부딪침으로 바다 가득 담아
나눌 수 있는 넉넉함에 취하고
살짝 걸친 손가락과 손바닥으로 전해오는
실크 조각 같은 보드라움에도 취하고
넘어올 듯 넘지 않는 마음에 또 취하고
장맛비에 탁한 바닷빛 청록과 황토의
뒤섞인 색에 취하고
날씬 보다 마른 몸속에 숨어있는 애기 마음
웃음 짓게 만들어 취하고
사랑한다는 말 차마 못 하고
무지 좋아한다는 말에 비시시 웃기만 하는
아찔함에 취하고
꼭 안아주면 떨림 그대로 전해지는 향기에 취하고
온 하루 쳐다보면 풀릴까 하던 갈증 더 쌓여와

몽롱함으로 취하고

지금 취하는 것들이 꿈인 듯하여 더 취하고

그 이름은 명태

솥 속에 무하고 같이 뒹굴기 전까지
명태라는 이름은 바다의 다른 이름이였다
노가리가 대가리 커지고 가슴지느러미
물결을 칠 때쯤 되었을 때 해초와 해구와
암초 사이를 거스르지 않고 분별하는 눈빛을 가졌을 때
어느 어부의 그물에 걸려 상갑판
상자에 담겼을 때도 푸덕거리던 꼬리지느러미
유유히 흐르던 바닷길을 애타게 때렸다
탱탱한 뱃가죽에서 공기가 빠져나가도
육지의 길은 바다로 이어져가고
얼음덩어리 냉동 창고에서도 눈빛은 생생한
그 이름은 명태였다
바다 냄새와 해초의 하늘거림을 가슴에 담은

파 몇 개와 고춧가루, 간장, 약간의 향미료와 소금
솥에서 이리와 알들이 같이 뽀글뽀글 끓여졌다
숟가락에 시원한 국물과 말큰한 살덩이
구석구석에 짭조름한 바닷물이 녹아 있다
바다에는 명태가 있고 해구 속을 유영하는
소주를 닮은 맑은 눈빛이 있다
그 눈빛이 숟가락에 올려진 대가리가 바닷물이고
거친 암초 덩어리가 벼랑 끝에 떨어지는 바람이고

차디찬 물결이다
명태는 바다였다

신천옹神天翁

하늘이 아니면 날지 않는다
날지 않으면 하늘이 아니다
뒤뚱뒤뚱 해변을 걷는 바보 새
하늘을 날 때 가장 아름다운 새
모든 생명체가 숨죽이는 폭풍우 치는 벼랑에서
하늘이 아니면 뛰어내리지 않는다
무섭기도 하지만 내 깃 아니면
수천 킬로 날 수 없다
내 어미 새의 어미 새 되려면
무너져 내리는 바람 뚫고
날개 꺾이도록 휘저어야 머나먼 하늘길로 오른다
견디어내지 않으면 알 수 없고
알 수 없으면 자유로울 수 없다
단단한 부리 침묵으로 날카로워지고
양 날개로 허공에 길게 선 하나 그으며
굽이치는 산등성에 쭈욱 그으며
날아야 쉴 수 있고 쉬어야 날 수 있으니
활공 기류 타고 단단하게 오른다
오로라 가득한 북극 빙산 어디쯤
서러운 자유 꿈꿀 수 있다
그곳에서 차디찬 눈물 흘린다

속 빈 나무

허연 속살 드러난 상처
넓어지지 않게
쓰러지지 않기 위해
상처 부끄러워 진액 흘려 덮어씌우고
상처 없는 나무 어디 있겠느냐고
옹이 없는 나무 어디 있냐고
너그러워질 법도 한데
갈수록 고집불통 아비를 닮아가는 모습
상처 드러내놓고 넘어진 자리에 주저앉아
눈물 한 방울 흙먼지에 떨군다
넘어져도 부끄럽지 않은
새 상처 나도 부끄럽지 않은
나 닮은 나무 어딘가 있을 거야
흠집 나고 부러지고 넘어진 나무
그래서 편안한 나무

하나 카써비스 센타

10년만 지나면 자동차는 여기저기 삐꺽 댄다
처음 뽀얗던 색도 빛바래고
신주 단주 모시듯 윤나게 관심 주던 주인도
강변 왜가리 한 발로 서있듯
사물이 돼버리는

같이 다니는데 문제없으면
화사하게 치장하던 모습도 눈곱만 떼면
맨얼굴도 부끄럽지 않은 21년 차 부부의 아침처럼
장식품 명찰 버린 지 오래
살림만 잘하면 되는

사람도 그렇겠지
한 50년 바삐 쓴 몸뚱아리
녹기 시작하는 연골
척추는 살 빠진 우산
빗줄기 배어드는 포장 콧대 세우고
낡음의 미학 자랑한다
썩어빠질 수리도 안 해주면서

오늘도 몇 번 방전 되어버린 낡은 차는
주인을 태우고 쌀쌀한 늙은 가을 도로 위를 달린다

저녁이면 먼지 소곤 쌓이는
듬직하고 정 가득한
혼자만의 집 되어 버리는

삼탄역 2季

사랑한다고 말해야 아는 거니
그래야 사랑한다고 믿는 거니

그저 지나치던 간이역에 여름이
온통 갈색 염료를 쏟아내고 있다
하루에 네 번 밖에 열차는 서지 않는다
맞이방 밖에는 싸락싸락 나뭇잎 쓸려 다니고
눈 시린 유리창 밖에는 깊은 침묵 같은 정오
약속이나 한 것처럼 두 손 잡은 어린 연인 말이 없고
역사 밖에 꾸며 놓은 옛날 빨간 전화부스에
번호 흐려진 전화기 쓸쓸하다
소식 전할 길 없는 늦은 우체통은
입 다물지 못하고
고단한 메타세쿼이아 키 큰 나무만
그늘 만들어 전화부스 품에 안는다
침묵해야만 했다

사륵사륵 불어오는 바람 소리만 가끔
소리 없는 작은 광장 흩어놓는다
할 말은 많아도 속으로 꾹꾹 담아 놓으며
저 혼자 놀고 있는 강물에게 풀어버린다
열차는 흔들흔들 떠나고

다시 역사는 고요 속에서 따스하다

때로는 사랑한다는 말보다도
지켜보는 게 더 아프다

찾아 가는 길

사랑이 밝을수록
짙어지는 외로움의 그늘들
너를 찾아가는 먼 먼 길
골짜기를 찾아 들어가고 산등성을 타고 오르며
더 깊어지는 네 발자국
너의 눈물은 먹도라지 되고 천마가 되고
내 눈물은 여울이 되고 동글동글 돌멩이가 되고
너는 알까
소리 없이 깊어지는 단풍잎의 숨소리
등성이 오를 때마다 다가서는 또 다른 등성이
가도 가도 끝없는 산등성이 숨소리
돌아보니 나무들은 서로 꼭 안고 있다
외로움 나누는가 보다

별들이 수리 꽃에 떨어진다
온통 너의 향기다

— 문우 정문영에게

금연 부스

마누라 몰래몰래 구석에 숨어 끽연 겨우 한소 뜸
찔끔찔끔 그러다그러다 된통 걸릴 뻔할 때
난 사정하고 말았다 질금질금 죽을 것 같은
마약이라 해도 좋을 마누라 후뿌연 엉덩이 같은
빼끔빼끔 이러다가 손모가지 잘릴라 애먼 대가리 잘릴라
1Q84 난쟁이 민머리 같은 번들번들 허연 달덩이
입안에 소태처럼 쓴 아이스 바닐라라테 같은 단물이
담배 한 개비 콘돔처럼 입에 물고 허공에 숨어 뿌린다
몰래 하는 맛은 얼마나 큰 희열인지 하지 말라면 더 하고
싶은
숨 막히는 불륜 식은땀 솟고
허망할 짓 왜 하는지 이참에 확 금애 하는 거야
입안에서 삐져나오는 연기 손으로 휘휘
그깟 사랑 안 한다고 죽는 것도 아닌데
씹새끼 같은 금연
더러워서 할란다 그깟 정사 사랑하는 몽정

문
— 영혼의 무게 21g

삐꺽 녹슨 문 열고 들어가니 누워있던 햇살이 일어난다
벼르고 벼르든 합방시키는 날
긴 외박 떠나던 어머니를 강제로 보자기에 넣고 늦여름 정오에 문을 연다
아파트 빈 툇마루 구석 아버지 납골 항아리 조심스레 열어본다

뼛가루 좋아하는 질긴 벌레 들어있는지 딱딱하게 굳은 기억 손아귀로 부숴
어머니 뜨끈한 온기와 섞어본다
두 분 좋아하시려나 저 인간하고 한 몸 되게 하지 말아
새된 소리 지를지도 버럭버럭 싸울지도 모르지만,
평생 곁에 붙어 싸우셨으니 이제 안 싸우시려나 내 모르겠다
입버릇처럼 말씀하셨으니 멀리 북쪽이 훤히 보이는 바닷가에
깊은 곳에 뿌려 드려야 하나 60여 년 만에 고향 앞바다 가실 수 있으려나
파도로 부서지게 해야 하나 그러면 두 분 좀 다정해지려나

이제는 아버지 장기 숙박하셨던 천상원* 찾을 일도 없겠네
싫다 싫어 외로 꼬던 고갯짓에도 아무도 모르게 슬쩍슬쩍

다녀왔는데
구불구불 길 돌고 다리 아픈 계단 제단 오를 길도 없겠네
혹시라도 가끔 생각나면 문암리 항** 포구로 가봐야 하나
속 확 뒤집어 놓고 광기 번득이는 눈빛으로 싸우든지 도보다리***에서 손잡든지
남북쪽 내 편 네 편 선 그을 일 없는 파도, 바다는 좋겠다
뒤집어지는 여름

이제 천상 고아구나
문 열고 나오는데 어깨 들썩이는 남자의 뒷모습 쓸어내리는 햇빛
혼자, 혼자서 영혼을 섞는 남자의 손가락이 사무친다 미세하게 떤다
수음하고 있는 몸이 사정없이 떤다
씩 웃으며 키득거리며 문을 걸어 잠근다 수몰되어 버린 잠
열쇠 없는 유치장 그 방에 갇혀있다
빈방 구석에 외로 쓰러져 설잠이 드는 남자의 어깨로 먼지가 쌓인다

* 충북 충주시 목벌길 256 하늘나라 봉안당

** 강원도 고성군 바닷가 암초 해변길

*** 남북회담 소리없는 회담, 문재인대통령과 김정은위원장의 역사적 회담 장소

가면이였어

석고상이 누워있어
어느 먼 곳을 바라보던 너는 깨어날 것처럼
하지만 부은 턱과 뺨과 굳은 손가락 마디
쓸어보니 매만지니 춥지도 않은데
이 냉기는 무언지 석고상의 껍질과는 다른데
네가 살아왔던 인생을
꽁꽁 묶어버리는 거부하고 싶은 말들
목구멍에 차오르는데 소리치고 싶은데
억눌리고 억울하고 기막혀서
알루미늄 선반을 탕탕 쳐봐도
텅텅 대답 없는 울림만
"마지막 가시는 길 하고 싶은 말
남겨 두지 말고 전부 하세요"
한마디도 할 수 없다
눈물은 숭겅숭겅 흐르는데
싸늘한 손을 들어 말 대신 입 맞춘다
마지막인 것처럼 그렇게 너는
면포를 뒤집어쓰고 술 한 잔 거하게 마시고 있구나

아침 햇살은 더럽게 18, 환하다
호수는 살랑살랑 어깨춤인데
다람쥐 한 마리 양 볼 가득 도토리 물고 있다

온 가슴 쳐대는

고등어 한 마리 바다에 없으면
헤엄쳐 다니지 못하면
바다라 못 부른다
가슴 속에 등 푸른 고등어 한 마리
어쩌다 그물에 걸려서
받은 숨 헐떡거리며 나무 상자에 실려
따가운 소금 눈송이 온몸으로 받아내며
좌판에 웅크리고 숨어 있더니
푸른 바다에 물들어 등 푸른 고등어
고추 먹고 뜨거운 숨 토해낸다
가슴 속에 푸른 멍들어
살점들은 허옇게 꽃 피우고 벌겋게 타오르고
꼬리지느러미 허공을 쳐댄다
비린내를 뿌려댄다

파도가 친다
고등어 한 마리 온 가슴을 쳐댄다

나뭇가지 위의 새

너보다 이쁠까
들꽃은 눈으로 들어오지만
네 모습은 가슴으로 들어오는데
너보다 진할까
장미 향은 코를 마비시키지만
네 향기는 영혼 깊숙이 들어와 나가지 않는다

너를 사랑할수록
강물은 깊어지고 넓어지고
너를 떠올리면 바람이 불어온다
멧새도 저 혼자 감나무 가지에 앉아
외로움 견디어 내는데
나는 너를 떠올린다 나팔꽃이 피고 저도
그것들을 견디며 살아간다

혼자 오솔길을 걷는다

어느 날

보고 싶다는 그 말이 가슴에 뼈로 박히는
흉골이 골절되는 폭우 같은 말 한마디에
옆에서 보는 사람은 측은하고 유치하고
내 사랑은 위대하고 격정적이고 운명적인
당신을 잃어버리면 불행해질까 봐
어두운 시간일까 봐 흔들리며 흔들리며
소리 없는 울음을 우는 별 같은
사람과 사람이 만나서 좋아하기란 얼마나 힘든지
저 혼자 빛나는 별은 없어*
조금은 헤매고 조금은 서툴기도 한
이렇게 비 쏟아지는 들판이 되어버린 가슴은
종일 뛰어올랐다 숭어처럼
보고 싶다는 그 말
풀잎에 가랑잎에 냇물이 떨어져 내리는 어느 날
따로 또 따로 지난봄 외로웠던 우리
오래오래 사랑했으면 정말 좋겠다

* '라디오 스타'에서 안성기 배우의 대사

풀의 영토

놀라워라 어느 틈에 저기까지 달려갔을까
땅의 숨결 있는 곳이면 어디든지
울퉁불퉁 근육질의 다핵세포는 뻗어간다
땅의 살을 식인종처럼 거칠게 부드럽게
물의 호흡을 수혈받는다
햇살 한 줌만 있어도
풀은 풀과 엉키고 넘어지고 올라타고
물결이 되고 파도가 되어 달려간다

풀의 생장점은 멈추지 않아서
똑바로 못 가면 휘돌아 가며
흔들리고 구부러지고 꺾이면서도
나무 사이로 돌 틈 사이로 실뱀처럼 지나간다
서로가 서로에게 밀어주며 버텨주며 기대면서
뿌리는 몽글거리며 달려간다

어느 틈에 여기까지 달려왔을까
풀들의 언어는 초록 음파
8Hz의 소리로 서로에게 외친다
휩쓸고 지나가도 상처는 주지 말자고
유순한 무성생식으로 한 걸음 한 걸음 옮겨간다

>

매 순간 새로워지는 가난한 자리
흔들리고 가도 절망은 하지 말자고
서로가 서로에게 기대는 부드러운 등허리
작은 소리가 들린다
살아있는 한,

늑대와 개의 시간, 항구

항구에 굵은 말뚝 박고
울렁거리는 배 탄탄한 밧줄로
묶어놓고 싶다
환절기 관절 구석구석 아픈 한낮
우울하기가 비썩 말라비틀어진 생선
툴툴한 껍질과 툭 튀어나온 가시 같아서
가끔 발바닥으로 부숴버리고 싶지만

풀풀 날것이여서
여리디여린 나 어린 계집애의
남사친 되어 쓸데없이 뒤웃뒤웃
가슴에 말큰한 명태알 가득
네게로 품어주고 동그란 네 엉덩이
주물럭거리다 치맛자락에 감추어 두고 싶다
늦은 저녁 해 지면
정박 중인 배 고물 사이에
바글바글 어린 물고기 새끼들에게
가득 생선 살 잘게 바수어 던져주고
이제는 독감쯤이야 넉넉히 품을 수 있을 거라 했더니
가슴 먹먹해지면 도지는 몽유병처럼
던져놓은 늑대와 개의 시간
얼큰한 코 벌름벌름 항구를 더듬는다

>

공황장애야 사람 피하면 그뿐
이렇게 허리 문드러지게 아픈 날은 혼자서
투닥거리는 차로 항구 해변 어디쯤
막무가내로 들어가서 말뚝 박아놓고
어린 저녁 살 내음 속에 푹 빠져도
허물없으리, 암말 않으리

참 아둔한

언제나 생각했었어
네가 있는 곳으로 같이 갈 수 있기를
차디찬 어둠 무서울 것 같아 추울 것 같아
같이 있고 싶었어 꼭 안아주고 싶었어
그런데 너는 몸짓 손짓 눈짓으로 거부하고

이번 생에서는 말할 수 없는 걸까
네가 떠나가던 날이 생각해 보면
다시 볼 수 없는 영결식이었다는 걸
이제야 알게 되다니 참 아둔한 놈이야
한쪽 구석에서 몰래 피워 올린 제비꽃
당신이 그토록 좋아하던 꽃이라서
나도 모르게 한 번 더 보게 되는
고개 푹 수그리고 피어나는 할미꽃 그 생각들
고단한 날에 말라버린 말들을 바수면서
돋아난 혓바늘 참 말을 많이 했구나
너에게 하고 싶은 말들은
주고받은 말들은 이미 강물이 되어 흘러가는데
이제는 쏟아버린 시간들

언제나 생각했었어
다시 한번만 더 태어나게 해달라고
헤어짐은 다 써버리고 불행은 남기지 않게

구인사 내려 가는 길

발우에 산나물 쓱쓱 비벼 먹고
뒷짐 지고 틀림없이 손 다스할 것 같은 스님이
가꾸어놓은 손길 그윽한 정원 한 바퀴
눈 보시 귀 보시 향기 보시
발우공양하고 나니 슬슬 배 아파
해우소에 엉덩이 까고 앉아 있으니
썩은 내 풍기는 냄새 놔두고 갈 수 있으려나
독소 배출 느낌은 있는데
바람 부는 소리 꾸짖는 소리
가당치 않게 허튼 짓거리 놓아두고 가란다
휘적휘적 말 그대로 휘적휘적 내려서는데
어린 제비꽃부터 막 귀여워지는 흰돌단풍꽃 껍질 갈라지는 적송
삐쭉 낙엽송 튼튼한 굴참나무 수줍은 적목련 시집갈 철쭉
대낮부터 붉은 단풍 뻣뻣하게 목례한다
나야 뻣뻣한 허리 없으니 깊숙이 인사하고 내려가련다
향적사香積寺란다 향기 쌓이면 구수할까
이삼일이야 가겠지
잠시라도 향기로워지겠지

멈추지 않는

하구언* 둑에 앉아 하루 종일 기다린다
그대는 오지 않고 노을만 반갑다
하구언 둑에 또 사람들 오고
누군가를 기다리다 또 떠나가고
그들은 누군가를 만났을까 못 만났을까
이제 기다림을 멈추었을까
사람은 흐르고 강물도 가고
하구언 둑에 주저앉아 멀리 바라보면
노을만 반갑다 그대가 오지 않아도

* 바다로부터 염수의 침입을 막기 위해 강과 바다의 접경에 쌓은 댐

내치질內痴疾

똥구멍이 간지러워
앉지도 서지도 벅벅 긁어버리면
피똥 싸는데
참 멀기만 한 구멍이다
환한 터널 끝 세상이다
벅벅 긁던 손가락 끝에서 배어 나오는 똥냄새
억지로 침 꿀꺽 삼킨다
딴에는 고상하게 마시던 에스프레소 냄새는 없다
운동한 날은 피똥도 더 짙다
수술해서 잘라버리면 잘 꿰매면
된다던데 레이저로 확 쏴버리면 지지면
된다던데
절대 내보이고 싶지 않은 내치질
너덜한 내장 조임근 치핵도
내 것이라고 버리지 말자고
피똥 지리는 아침
변기통에서 담배 물고 커피를 마신다

3부
어상천 가는 길

어상천 가는 길

네게로 간다
달빛 향 미친 홍도화 가지 끝에서
몽골 초원 바람 끝까지
작고 하찮은 것에서
별빛이 닿는
눈가에 깊이 파인 넉넉한 주름까지

천년쯤 걸리는 길이다

참빗살나무

참빗 만들던 나무
연초록 꽃 색
핀 줄도 모르고 지나치지만
꽃보다 열매 더 이쁜
너를 바라보는 눈길, 마음이 그렇다

지팡이도 되고 바구니도 되고
어린 순은 나물도 되고
요통 혈전 복통 부종 소염
이뇨 관절염 뿌리 채 내어주고
초겨울 눈 내리는 아침
더 빨갛게 빛나는 열매

널 향한 내 뛰는 심장같이
눈 속에 더 단단한 껍질 부수고 알알이
쏟아내는 생이 붉다

내 온몸 안으로 떨어져
상처도 사랑이라며 아무 말 하지 않고
그대로 번져오는

싸리나무 그믐날

어린 시절 발자국 소리
돌아보면 시커멓고 커다란 그림자
오싹하게 무서워 온몸 땀 범벅
돌담 그림자 속에 숨으면
밤보다 시커먼 두근거리는 가슴
용기 쥐어짜 주춤주춤
냅다 달음박질하다 돌부리에 걸려 우당탕
혼비백산 도깨비불 날아
무르팍 어름 찢어진 바지 틈 사이로
배어 나오는 피 서러워
골목길 돌고 돌아 줄행랑치다
겨우 집 앞 싸리문에서 숨 고르는
돌아보면 세상에서 가장 무서운
제 그림자

그 애를 보면

수십 년 후에 철든 여자를 본다
당신을 보면
수년 전 철든 여자가 보인다

세상의 밤은 서둘러 오고
어두운 길 모롱이 산비탈 돌계단의 끝
불쑥불쑥 찾아오는 당신 때문에
해쓱하게 야위어가는 들국화
타오르기 딱 좋은 시월 중순
내 슬픔은 밖에서 오는 게 아니였다
안에서 세포 키우고 있었다

당신의 쇄골에 타투 새겨넣는다
장미꽃은 쇄골에서 흘러 작은 가슴골로 들어간다
넌 내꺼라고 속으로 이름 불러본다
불러도 대답 없다
지워지지 않는 타투 새겨 넣는 일보다
가슴에 진심 전하는 일이 무겁다

대책 없이 너에게 가고 싶다

파꽃

흰 꽃 필 무렵 대궁은 단단해져
수정을 거부한다
서러운 여자
동그란 엉덩이 뒤태가 더 고와서
가느다란 종아리 파르스름 옷고름 풀어 헤치고
양육을 책임지지 않는 한량 같은 바람에게
순결 그까짓 것 줘버리고
배추흰나비에게 수태까지 돼버려
더 서글픈 흰 파꽃
그늘지는 밭고랑 뒤편에 혼자 피워낸다고
세상 환하게 호박꽃은 호박벌과
희롱하며 짙은 연분으로 연초록 배 불러오는데
임신을 거부하는 여자
새파란 젊은 시절 열 받고 짜증 나서
불면의 밤 깊어만 가고, 지홍知紅
붉게 물든 눈가에 까만 씨앗 거미 새끼들처럼 흩어지면
뜨거운 대궁 속 비워놓고 풀썩
고개 꺾어버리는 가볍디가벼운 파꽃

봄날

참 철없이도 빙산은 부서진다
스스로 몸 쪼개어 차디찬 바다로
뛰어내리는 것이다
바다에 닿으면 몸이 녹아내리는 걸
아는지 모르는지
하얀 여우는 속 타들어 갔던 것이다
갈라지기 시작하는 얼음판 위에서
이리저리 움직이다
텀벙 바다에 빠진다
냉기야 흰 털이 막아준다지만
녹아 들어가는 얼음은 무엇으로 막을까
사라져가는 크릴은 어디에서 찾을까
거대한 소리, 무너지는 굉음 터진다
참 철없이 쉽게도
기슭부터 부서지는 몸

쉿 조용히, 하얀 여우 조각난 얼음덩이 위에서
느슨하게 일광욕 중이야

지방도 532 조동리

한창이었다
초록 융단에서 온통 동화구연 중이다
불쑥불쑥 여기저기서
꼬리 긴 여우도 나오고 토끼도 나오고 너구리도 나온다

동량 대교 돌아서 지방도 532번
지등산 줄기 조동리에 몰래 숨어 피더니
더는 숨을 곳 없어
산벚꽃들 자글자글 소란스럽다
바람에 강강수월래
어느 틈에 조동리 동산 점령하고
산자락을 덮는다
환하다 눈이 부셔서 눈물겹다
그러거나 말거나
산벚꽃 혼자 불놀이 중이다
전부 태운다

멧돼지 오소리 고라니
놀라서 겅중겅중 뛰쳐나온다

라면 먹기

유치원을 못 가본 시절을 겪어본 사람은
안다
라면이 얼마나 귀한 음식인지
생일 때나 입학식 졸업식 때 얻어먹은 짜장면처럼
군부대 사령관쯤 되어야 부식으로 가져오던
봉지라면에서 몰래 훔쳐 먹던 한 봉지가
얼마나 귀하고 맛있는지
서로 조금이라도 더 먹겠다고 젓가락 전투 속에
한줄기 불어 터진 면발 남은 국물도 아까워
노란 양은 냄비 바닥까지 혀로
핥아먹어 보지 못한 귀한 사람은
알 수 없다
쫄깃쫄깃 면발도 고기 귀한 때 번지르르한 국물이
목구멍으로 찌르르 들어가는 귀티 나는 허기
라면을 생으로 부숴 먹는다는 건 난민의 양식을
통째로 바다에 던져버리는 죄악이라는 것을
알지 못한다
귀한 사람은
귀하디귀한 인생의 한 조각조차
가질 수 없다는 것을
가난한 기억이 세상을 향해
총부리를 겨누고 있다는 것을

담장 안 풍경

높은 담장 안에서
아드린느를 위한 발라드가 피아노 건반 위로
냥이 앞발처럼 사뿐히 떨어지는데
네가 치는 피아노가 틀림없을 거라
결심하고 귀를 담벼락에 묻어버렸다
초등학교 앨범 속에서 찾아낸
얌전한 동창 계집애는
높은음자리 건반 위를 뛰어노는 냥이 뒷발 같았다
현주라 하였다
기억 속에서 너는 높은 담장 안에
피아노 건반 선율 통통인데
나만 녹슬고 늘어진 기타 줄이었다
12월 겨울이였다
완벽하게 퇴짜 맞기 아주 좋은
얼어 죽어서 탱탱 소리 나는 동장군의 날이었다
육교는 햇살 한 방에 산산조각 나서 하늘로 날아오르고
단발머리 계집애는 거만한 어른이었다
뒤차기로 얼얼하게 뺨 맞은 나는
얼뜨기 소년이었지만 유쾌하였다
그날 밤은 그믐달도 없어
귀를 찾으러 갔다
탱그르르 담 밑에서 뒹구는 귀를

주머니 속에 욱여넣고 돌아서던 참 통쾌한 겨울밤
여전히 질기며 보드라운 피아노 줄 사이로
냥이만 무심하게 뛰어놀고 있었다

우리 둘은

좁은 길 돌아
벽으로 막혀있는 골목길 돌아
네게로 가는 길
여전히 잘 견디어내고 있니
잘 사는 줄 알았는데
너도 나처럼 견디고 있구나
사는 게 견디어 내는 일인 줄
이제야 깨닫다니
아프기도 많이 아파했는데
해 질 무렵 그림자 길게 늘어지고
이 겨울 마음 추워진다
좁고도 길기만 하구나 네게 가는 길은
나뭇잎은 떨어지고 흙이 되고
또 떨어지고

이사 전날

배고픈 저녁
그날따라 늦게 논다고
엄마는 혼내지도 않았어요
아이들이 놀 때는 참새떼 소리처럼 어지간히 시끄럽지요
고물상 아저씨 몇 번 고함치더니만
냅다 던진 돌멩이에 아이들 몇 명 중에서 하필
내 머리 깨진 건 진짜 재수 더럽게 없어서였을 겁니다
피가 머리카락에 엉켜 떨어졌고요
병원에서 몇 바늘 꿰맸어요
울지 않아 용감하다고 착하다고 엄마는 다독였지만
사실 별사탕 달콤한 맛에 참았던 건 비밀이에요
이쁜 간호사 누나 내 손에 몰래 쥐여준
별사탕 때문이기도 했을 거예요
점심녘에 깨진 머리 반창고 붙이고
해 질 녘까지 놀았어요
엄마가 늦어도 화내지 않았던 건
울지 않아서 그런 건지 낼이면 더 작은방으로
이사 가야 해서 그런 건지는 알 수 없었어요
갸웃거리다 까무룩 잠든 어느 저녁이었어요

이북, 겨울 국수

살얼음 낀 무 하나 넓직넓직 썰어놓고
국수 삶아 차가운 물에 꼭꼭 씻어 물기 빼고
생태 넉근넉근 잘라넣은 이북식 김장 김치
얼큰한 김칫국물 두 대접 속에
물기 마른 국수 풀고 무하고 깨소금
휙휙 뿌려놓은 저녁 밥상
반찬은 따로 없다 김장 김치 한 접시뿐
흐릿한 알전구 밑에서 부자가 앉아
시립도록 찬 국물 마시고 어석어석 무 깨물고
시원한 국수 후룩후룩 뚝딱 먹어버리면
저녁 한 끼 통쾌하다
조금 부족하다 싶으면 말큰한 김치 한 조각 얹어
남은 국물 무하고 같이 어슥 깨물어 먹으면
속까지 동태가 된다 부자가 할 일은
밥상머리 치워놓고 이불 덮는 것이다
딱딱 이빨 부딪치다 서서히 몸 풀리면
뭐 하는 짓인가 하는 생각에 서로 쳐다보고
참지 못하고 웃음 던지는 일이다
밤 깊은 저녁이다

형수 취수제

처음 부락으로 왔을 때부터
좋았어요 형수
코 흘리고 찌질이라고 구박 주던
토끼 한 마리 못 잡는다고 머리 쥐 박힐 때도 형수
혹 난 머리 만져 주었을 때보다
훨씬 더 전부터 좋아했어요
그냥 좋아요
형 몰래 살짝살짝 훔쳐보던 내 눈길
알면서도 형수 모른 척 곰 털 다듬던
도통한 손등 왜 그리 만지고 싶던지
정말로 형님이 전쟁터 나가서
오지 않기를 바란 적 없었어요

눈 내리는 날 눈 맞은 그날이
형 눈 감던 날인 줄 누가 알았겠어요

루암리 고분

그들은 무지 고개에서 기억을 더듬고 있다
벌써 편히 하늘로 올라가야 했지만
옆구리 뚫리고 머리부터 깎여나가
무리에서 벗어나 저쯤에서 혼자
비스듬히 누워있거나 밋밋해진 얼굴을 다듬고 있다
한강 유역을 경영하라 했던 명령은
잊은 지 오래 오월 뜨끈한 바람에
마른 발가락이나 휘척휘척 흔들고 있다
둥그런 웃음은 풀어질 대로 풀어져
미륵사 마애불 희미해지고 부드러운 미소를 닮아 있고
한 시절 말 타고 칼 휘두르던 그때나
손가락으로 마우스 움직이는 지금이나
살벌하기는 전쟁터 같지만
그루터기에 앉아 잠시 쉬어가기도 해야 하겠지
굴직돌방이든 앞트기식돌덧널이든 외방이든
청동제띠끝장식이든 금동제 귀고리든
가락바퀴 진흙 마름이든
넉넉한 가슴에 붙은 불덩이 햇볕을 당겨와
신라와 고구려를 태우고 골짝으로 숨었다

루암리 고분 둥그런 골마다
이 고요한 바람이라니

청매

날카로운 발톱 창공 날아다니다
토끼를 향해
정면 돌파, 젊은 깃털 때 얘기
세월이 물러지면
아픈 곳 많아지지 이리저리
바람도 피해 다니지
지혜라고 하는데
글쎄?

방파제 끝

소금기 질척한 어시장 지나
생선들 한 무더기 누워있는
어둑한 부두 끝을 지나면
마음 꺼내놓고 덜어내고
이르는 길 그 끝에
무상의 아름다움
소란하지 않아 꾸미지 않아
어여쁜 동해 귀퉁이
너 닮은 이쁜 작은 어항

끝물

끝물이라고 꼭 끝이 아닌 것이
지난 늦가을 끝에서 헤매던 씨앗 몇 개
그러모아 밭고랑에 숨겨두었더니
이 환한 아침
젖니 물고 나온 민들레
시간을 끌어모아 새순에 힘을 더한다
이제는 끝이라고 손 흔들지도 않고 떠나가는 너나
끝에서 남아 있는 나나
지금의 우리는 모든 것 포기하고 싶을 때
고샅에서 비스듬히 자라는 제비꽃
엉키며 자라는 환삼덩굴도 서로 어우러져
풍경이 되고 또 다른 시간을 만든다
이제 잊혀질 끝물에 서서 삐뚤게 자라든 곧게 자라든
제각각의 시간 영글고
끝을 다듬는 씨앗 받으며
네가 머물 방 하나 청소해 놓는다

분꽃

어디에 숨겨 놓았을까
제 이름 다정히 불러주는
까만 시간을 품은 씨앗

내가 나무가 되고 꽃이 되고
보라매가 향유고래가 되고
강가의 이끼가 된다면
약이 되고 독이 된다면
꿈꾸지 못해도 크게 웃어버릴 거다
잘 왔다 잘 놀다 간다고

불타는 청춘이어서 어설프고 실수하고 좌절하고
죽도록 아프고, 그렇게 살지 않았다면
꽃 피울 때까지 지지 말아라

꽃은 향기 품는데 내가 못 맡고 있다
저마다 색과 향 밤낮 피워 올리는데
숨긴다고 숨겨질까 보지 못한다고 없는 건 아니지
떨어지는 꽃잎은 꽃보다 진하다
땅으로 몸 숨기는 씨앗은
꽃보다 진한 목숨이다

축제

나에게 철없다 한다 아이 같단다
흉보는 것이겠지만 듣는 나는 기분 좋다
아이가 된다는 것은
강으로 가는 것
춤과 가락으로 이루어진
강의 한줄기 된다는 것
축제로구나 삶의 한 자락으로 흘러내리는 것
온전히 강 품을 수 있겠구나
철없어서
머잖아 강물로 들겠구나

도화꽃

한 방울 물이 꽃잎 이파리에 맺혀갑니다
조금씩 번져갑니다
밤중에 달빛 받아 빛나듯
흰 꽃송이 환하게 피어납니다

8월 한낮 따갑고 아픈 햇살
사정없이 때리는데
자갈투성이 노반과 손 데일 것 같은
선로 위에서 드릴 작업하는 장형은
등 뒤에서 피는 꽃 볼 수 없지요
혼자서 피는 꽃
작업화 뒤축은 키가 훌쩍 줄어들었고
며칠만 더 고생하면 이삼일 쉴 수 있다고
오늘도 장형은 소금기 묻은 웃음 터트리는데
쓱 건네는 미지근한 사이다도
달달하기만 하네요

눈가로 떨어지는 땀방울 닦는 수건에
도화꽃이 피었답니다
돌아서는 장형 등 뒤에도
도화꽃 환하게 피었답니다

장선리 느티나무

장선리 고갯마루에
속 텅 빈 느티나무 저처럼 낡고
허물어진 담벼락에 기대어 서 있다
속 깨끗이 비워내서 쓰러질 듯 초췌한 몸
이 환한 봄에 이제는 편하게 누이나 싶었는데
검버섯 주름 사이 빈 몸 구석에
작은 명주이끼, 참이끼 포자 터트려
제집인 듯 올망졸망 파랗고
쥐꼬리망초, 진득찰, 쇠무릎
저마다 자기 명패 달고 한 살림 들인다
새순 날 자리 조금 남겨놓고
연두초록파랑 새 단장하는 것이다
새초롬 느티나무 늙은 몸을
손잡아 이끈다
생을 더 한다

요선암 돌개구멍

영월 주천강 줄기에 깃들어 있는
돌개구멍을 보아라

물길 휘돌아 가는 곳마다
간지럼 타는 소리소리들
여인의 보드라운 살결 요염한 등허리 앙가슴
탐스러운 엉덩이 종아리 발가락

때로는 음기 가득하게
때로는 유려한 곡선으로 구부리고 안고 누워
긴 세월 돌개구멍을 만들었던
석공의 땀이 눅진하게 배어있다

석양에 주천강 불타오르면
요선암 바위들 밤새 화엄에 들겠다

한강 수질 관리사

내 아는 청둥오리가 있다
그의 직업은 수질관리사
한강수질관리사무실 옆 수문으로 출근한다
부부가 같이 물속에 들어가
물고기가 몇 마리 더 늘었는지
수온은 어떤지 수질은 또 어떤지를
확인하는 일이다
가끔은 농땡이 치는 것도 보이는데
늦은 오후에 갈대 숲속으로 부부가 들어가
한참을 나오지 않는 것이다
이럴 때는 슬몃 눈 감아 주는 것이다
한 달도 안 돼서
새끼 일곱 마리가 뒤뚱뒤뚱 따라다니는지
정말 모를 일이다
하루 종일 새끼랑 노느라
물고기 세어보느라 연신 물속을
들어갔다 나왔다 하더니만
저녁 퇴근 무렵에는
달 하나 남기고 숨어버렸다

관음촌 판각 8년차

형,
고요가 사람 미치게 하네
관음촌 파도 밤새 뒤척이면
어떨 땐 무섭기도 해
형, 아우는 2년만 더 깎고 여기 떠나려고
한자 새기는 일 뭐가 어렵다고
캐드 그리는 것보다 더 쉬워
형 하는 거 보면 하나도 모르겠더구만
좌판 소리 댓돌에 소낙비 쏟아지는 소리 같던데
무슨 뜻인지 모르는 불경 구절이야 큰 스님이 알아서 해석할 일이고
나야 스님 시키는 글자 깎으면 될 일이지만
여기 한려수도 충무 관음촌에 순신이 터 잡는다 하기에
마음 꾹꾹 눌러 판각하니
형, 대장경 한 구절 읽어줄까
만 번쯤 암송하면 부처 된다던데
팔만 자 판각 언제 끝내려는지
점심 저녁 끼니 차려주는 보살님 해남 댁
시집와 아그들 두엇 나았는데
식은 밥 찬이라고 봄나물도 짭조름해
섬진강에서 퉁퉁 부은 얼굴로
판각 대장경 따라 해인사로 간다든가

형,
큰 스님 몰래 목판 한 귀퉁이에
보고픈 윤희 얼굴 새겼는데 형이 한 번 찾아보련?
이렇게라도 하지 않으면 소소한 관음 파도 소리에
미쳐 도망갈 것 같아

산사 내려서면

문풍지 요란스레 울어대는 새벽
템플스테이 마지막 날 타종 소리
일어나라 자리 정리해라 재촉하는데
송송송 바람 새는 자루 속
부실한 뼈로 들락거리는 뭇 감정들

마음 열어 놓을 수 있을까
뒤집어 다 쏟아낸 뒤
풀숲의 낭자한 소나기,
떨어져 내리는 바람의 물줄기 한 동이 담아갔으면 싶은데
돌계단 난간에 흩어진 솔잎들 벌떡 일어나
벌게진 눈 찔러댄다
깃 터는 방울새 몸짓에
갈매나무 이파리 흔들린다
숲이 차례로 몸을 떤다

산사 내려가는 길
참 못난 내가 거기에 웃을 듯 울 듯
욕심 가득하다
버린다는 것도 놔둔다는 것도
흐르는 시냇물 속 같다
무릎 시려 돌아갈 길 아득하다

해설

까만 시간을 품은 사물의 시학

— 김영석의 시세계

오홍진 문학평론가

까만 시간을 품은 사물의 시학
— 김영석의 시세계

오홍진 문학평론가

김영석 시인은 모든 사물에 드리워진 자연 이치에 시적인 관심을 기울인다. 이를테면 첫 시인「하늘이 뚝」에서 시인은 시간이 되면 "떨어질 준비를" 하는 은행잎에 주목한다. 샛노란 가을바람이 불면 은행잎은 "밟히고 나뒹굴고 썩어가고 매장"된다. "낙엽 타는 냄새"가 퍼지면 드높았던 가을 하늘도 "뚝 떨어진다". 자연 이치란 이런 것이다. 피어날 때는 피어나고, 떨어질 때는 떨어진다. 피어남과 떨어짐은 하나로 이어져 있다. 피어나면 떨어지기 마련이고, 떨어지면 다시 피어나기 마련이다. 시인은 파란 하늘도 뚝 떨어지는 이 아름다운 계절에 우리를 향해 "넌 떨어져 봤니?"라고 묻는다. 노란 은행잎은 떨어진다는 마음 없이 땅으로 떨어져 내린다. 자연 이치를 자연 이치로 받아들인다는 말이다.

피어나는 일이나, 떨어지는 일에 매이면 아무것도 할 수가 없다. 피어나는 이치와 떨어지는 이치는 하나로 이어져 있다. 김영석의 시는 무엇보다 자연에 드리워진 이러한 역설을 눈여겨보는 데서 비롯된다. 자연 현상만 이런 게 아니다. 우리네 삶 자체가 그렇다. 태어나는 일은 늘 죽음과 이어져 있고, 죽는 일은 늘 태어남과 이어져 있다. 삶과 죽음이 하나로 이어져 있지 않으면 생명 순환의 기적은 일어나지 않았을 것이다. “넌 떨어져 봤니?”라는 시인의 질문에는 모든 자연 사물을 관통하는 생명 이치가 스며들어 있다. 모든 사물이 피어나는 자리에서 모든 사물은 떨어지고, 모든 사물이 떨어지는 자리에서 모든 사물은 피어난다.

「직하폭포」에서 시인은 “끝을 향해 밑바닥을 향해 사정없이 모두 놓아두고” 전속력으로 떨어지는 폭포를 노래한다. 모든 것을 놓아야 폭포는 비로소 자유에 이를 수 있다. 절벽에서 뛰어내리려면 ‘떨어지는’ 두려움을 떨쳐내야 한다. 시인은 “확 놔버려라”라고 외친다. 머릿속 생각으로 두려움을 떨쳐낼 수는 없다. 머리가 움직이기 전에 본능적으로 모든 것을 내려놔야 한다. 내려놓아야 뛰어 들어갈 틈이 생기고, 내려놓아야 움켜잡을 무언가가 생긴다. 두려움을 떨쳐내고 절벽 아래로 뛰어내리는 이 힘을 시인은 절박함에서 길어 올린다. 절박함은 죽음을 각오하는 마음과 연결되어 있다. 폭포는 죽음을 각오하고 까마득한 밑바닥을 향해 뛰어내린다. 밑바닥이란 심연深淵과 같다. 살아남으려는 욕망에 매인 사람이 어떻게 심연을 가로지를 수 있을까? 자기를 내려놓은 존재만이 심연을 거슬러 오를 수 있다.

시인은 심연을 가로지르는 폭포의 이 힘에 “서늘한 정신”이라는 이름을 붙이고 있다. 「용대리 겨울 직포」에 나타나는 폭포의 서늘한 정신은 “고요 속에 격렬한 울림”과 밀접하게 이어져 있다. 겨울 폭포는 찰나의 순간에 얼어버려 "황태들이 떼지어 오르"는 형상을 내보이고 있다. 시인은 폭포의 얼음 기둥이 우르릉 무너지며 황태들이 폭포를 거슬러 오르는 순간을 상상한다. 황태들이 살아 있는 한 겨울 폭포는 늘 봄을 꿈꾼다. 봄이 오면 폭포는 다시 절벽에서 밑바닥으로 뛰어내리는 모험에 거침없이 뛰어들 것이다. 시인은 가만히 옷깃을 여미며 봄의 정신을 잊지 않은 겨울 폭포의 모습에 허리 숙여 삼배를 올린다. 1950~60년대 한국시를 이끈 김수영은 「폭포」에서 곧은 절벽을 무서운 기색도 없이 떨어지는 폭포를 "고매한 정신"으로 표현한 바 있다. 두려움에 매인 존재가 어떻게 서늘하고 고매한 정신과 마주할 수 있을까? 김영석 시의 밑자리를 형성하는 시 정신이 이러한 폭포의 정신을 따르고 있는 것은 분명해 보인다.

반란을 꿈꾸며 먹태, 백태, 무두태
미이라처럼 구부러지지도 않는 지느러미로
덕대에서 내려선다
황태 너는 남아 늙은 시인의 시가 되어라
얼어버린 강 따라가다 보면
바다 만나리
몸서리치게 그리운 비린내 맡으리
—「황태의 반란」 부분

오래도록 우려낸 침묵
맑고 깊게 퍼져서 간다
그의 두툼한 손길 닿는 곳마다

새순 불쑥 키가 커지고
왁자지껄 떠들던 버들치 한 박자 숨소리 낮추는 것을
꽃들은 자기만의 색깔 더하고
다 늦은 저녁
천년 잠에서 깨어난 결 고운 돌무늬 고요히 눈을 뜬다
—「석종石鐘」 부분

여기에서 걸어 나갈 수 있다면
강물 속에서 뚜벅뚜벅
허기진 나무 밑으로 걸어갈 수 있다면
내 피가 머루주처럼 차가운 돌덩이 혈관
구석구석 돌아 철근 같은 무릎
후두둑 떨쳐낼 수 있다면
끓어오르는 피 생명을 꿈꾼다
—「석상」 부분

「황태의 반란」에는 영하 15도 혹한에서도 반란을 꿈꾸는 황태가 나온다. 황태의 반란은 말 그대로 죽음을 삶으로 되돌리는 과정을 통해 펼쳐진다. 죽음을 삶으로 되돌리는 일은 심연을 가로지르는 일과 연동되어 있다. 반란을 꿈꾸는 황태는 얼어버린 강을 따라 바다에 이른다. 바다는 뭇 생명이 태어나는 모체母體와 같다. 그곳에서 황태는 "몸서리치게 그리운 비린내"를 드디어 만난다. '비린내'로 표현되는 살아 있음의 감각은 김영석이 추구하는 "늙은 시인의 시"를 낳는 원동력으로 작용한다. 영하 15도의 혹한을 극복하는 이 힘이 "서늘한 정신"을 낳고, 그 정신으로 시인은 "그리운 비린내"가 넘쳐나는 시를 쓴다.

생명의 비린내를 품은 서늘한 정신의 미학은 「석종石鐘」에도 그대로 이어진다. 맑고 깊게 퍼지는 종소리를 시인은 "오래도록 우려낸 침묵"으로 표현한다. 종소리가 닿으면 새순은 불쑥 키가 커지고, 왁자지껄 떠들던 버들치는 한 박자 숨소리를 낮춘다. 꽃들은 자기만의 색깔을 더하는가 하면, 돌무늬가 천년 잠에서 깨어나 고요히 눈을 뜨기도 한다. 오래된 침묵에 길든 사물은 석종이 내는 침묵의 소리를 온몸으로 받아들인다. 침묵 속에서 온전히 눈을 뜨는 사물만이 새로운 생명으로 뻗어나간다. "동그란 원안으로 들어와/ 골똘히 제 속 들여다본다"라는 시구를 가만히 음미해 보라. 오래도록 우려낸 침묵의 소리는 어찌 보면 생명과 생명 사이에서 피어나는 맑고 깊은 소리인지도 모른다. 생명과 생명을 하나로 아우르는 '숨소리'라고 말해도 좋겠다.

석종石鐘에서 울리는 침묵의 소리는 「석상」에 이르면 "철근 같은 무릎"을 떨쳐내고 "끓어오르는 피 생명"을 꿈꾸는 석상의 이미지로 거듭 표현된다. 석상은 돌 팔 한 개쯤 끊어내서라도 누군가에게는 한없이 "고단한 하루"나마 얻고 싶다. 무엇이 석상을 이토록 간절하게 만든 것일까? 석상은 생명이 되어 "뜨거운 눈물"을 흘리고 싶다. 석상이 흘린 눈물은 강물이 되어 흐르다가 어느 날 "모래가 된다". 석상이 모래로 변하는 그 엄청난 시간을 묵묵히 버틴 존재만이 비로소 "끓어오르는 피 생명"이 될 수 있다. 얼어버린 황태가 비린내를 품고, 석종이 생명을 품으며, 석상이 생명으로 거듭나는 이 간절함을 품고 시인은 시를 쓰는 셈이다.

하늘이 아니면 날지 않는다
날지 않으면 하늘이 아니다
뒤뚱뒤뚱 해변을 걷는 바보 새
하늘을 날 때 가장 아름다운 새
모든 생명체가 숨죽이는 폭풍우 치는 벼랑에서
하늘이 아니면 뛰어내리지 않는다
무섭기도 하지만 내 깃 아니면
수천 킬로 날 수 없다
내 어미 새의 어미 새 되려면
무너져 내리는 바람 뚫고
날개 꺾이도록 휘저어야 머나먼 하늘길로 오른다
견디어내지 않으면 알 수 없고
알 수 없으면 자유로울 수 없다
단단한 부리 침묵으로 날카로워지고
양 날개로 허공에 길게 선 하나 그으며
굽이치는 산등성에 쭈욱 그으며
날아야 쉴 수 있고 쉬어야 날 수 있으니
활공 기류 타고 단단하게 오른다
오로라 가득한 북극 빙산 어디쯤
서러운 자유 꿈꿀 수 있다
그곳에서 차디찬 눈물 흘린다

—「신천옹神天翁」 전문

새는 하늘을 난다. 하늘이 있기에 새는 비로소 날고, 동시에 새가 날기에 하늘은 비로소 하늘이 된다. "뒤뚱뒤뚱 해변을 걷는 바보 새"는 하늘을 날 때 가장 아름다운 새로

돌변한다. 폭풍우 치는 벼랑에서 두려움 없이 뛰어내리는 저 새의 비상을 시인은 두 눈 똑바로 뜨고 바라본다. 수천 킬로를 날아 또 다른 세계로 가는 새는 "견디어내지 않으면 알 수 없고/ 알 수 없으면 자유로울 수 없다"라는 진리를 분명히 알고 있다. 거센 바람에 쉬이 꺾이는 날개로 어떻게 이런 비행을 지속할 수 있을까? 머나먼 하늘길을 나는 자유는 어떤 위기 상황도 견디는 마음결에서 뻗어 나온다. 끊임없이 날개를 휘저어야 가장 아름다운 새가 되는 이치도 이와 무관하지 않다.

시인의 말마따나 새는 날아야 쉴 수 있고, 쉬어야 날 수 있다. 하늘을 나는 일이 새의 운명이라면, 그 운명을 온전히 받아들일 때 새는 자유로운 존재가 된다. 운명이 자유를 낳는 원천이 된다는 말이 참으로 묘하지 않은가? 북극 빙산 어디쯤에서 새가 누리는 "서러운 자유"는 이렇게 펼쳐진다. 날개를 젓지 않는 새는 아무것도 할 수 없다. 시인은 누구보다 이 사실을 잘 알고 있다. "서러운 자유" 끝에 흘리는 "차가운 눈물"은 이러한 새의 운명과 밀접하게 이어져 있다. 김영석은 날개를 저어 하늘을 날아야 하는 새의 운명으로 시를 쓰는 자의 운명을 엿본다. 허연 속살을 드러낸 채 꿋꿋이 서 있는 나무(「속 빈 나무」)를 보면서 시인이 '편안함'을 느끼는 까닭은 여기에 있다. 상처 하나 입지 않고 이 세상을 살 수는 없다. 상처는 이번 생을 지탱하는 뜨거운 힘과 같다. 상처가 난 자리에만 옹이가 맺히지 않는가.

「나뭇가지 위의 새」에 나타나듯, 시인은 나뭇가지 위에 앉은 새를 눈이 아니라 가슴으로 받아들인다. 감각에 매이면 그 너머에서 피어나는 사물의 본질에 다가갈 수 없다.

'본질'이란 말에 특별한 의미를 부여할 필요는 없다. 시인은 가슴으로 들꽃을 보고, 가슴으로 장미 향을 맡으려 한다. "네 향기는 영혼 깊숙이 들어와 나가지 않는다"라는 시구에 표현된 대로, 가슴으로 맡는 사물의 향기는 시인의 마음자리에 깊이깊이 새겨진다. 김영석의 시를 관류하는 시적 감각은 이리 보면 사물의 심연을 들여다보려는 시안詩眼과 깊이 연결되어 있다. 모든 사물은 저마다 혼자 걸어야 하는 오솔길을 품고 있다. 이 길을 걸으려면 감나무 가지에 홀로 앉은 멧새의 외로움에 익숙해져야 한다. 가슴으로 온전히 그 외로움을 끌어안을 줄 알아야 한다. "혼자 오솔길을 걷는다"라는 이 시의 결구는 정확히 이 문맥에 걸려 있다.

놀라워라 어느 틈에 저기까지 달려갔을까
땅의 숨결 있는 곳이면 어디든지
울퉁불퉁 근육질의 다핵세포는 뻗어간다
땅의 살을 식인종처럼 거칠게 부드럽게
물의 호흡을 수혈받는다
햇살 한 줌만 있어도
풀은 풀과 엉키고 넘어지고 올라타고
물결이 되고 파도가 되어 달려간다

풀의 생장점은 멈추지 않아서
똑바로 못 가면 휘돌아 가며
흔들리고 구부러지고 꺾이면서도
나무 사이로 돌 틈 사이로 실뱀처럼 지나간다
서로가 서로에게 밀어주며 버텨주며 기대면서

뿌리는 몽글거리며 달려간다

어느 틈에 여기까지 달려왔을까
풀들의 언어는 초록 음파
8Hz의 소리로 서로에게 외친다
휩쓸고 지나가도 상처는 주지 말자고
유순한 무성생식으로 한 걸음 한 걸음 옮겨간다

매 순간 새로워지는 가난한 자리
흔들리고 가도 절망은 하지 말자고
서로가 서로에게 기대는 부드러운 등허리
작은 소리가 들린다
살아있는 한,
—「풀의 영토」 전문

풀은 땅의 숨결이 있는 곳이라면 어디든지 뻗어간다. 아무리 척박한 땅일지라도 햇살 한 줌만 있어도, 물 한 방울만 있어도 풀은 깊이깊이 뿌리를 내려 기어코 생명을 연장한다. 풀과 풀이 엉키고 넘어지고 올라타며 이루는 풀의 물결을 가만히 들여다보라. 풀의 생장점은 멈추는 법이 없다. 똑바로 못 가면 휘돌아 가고, 나무와 돌이 막으면 그 "틈 사이로 실뱀처럼 지나간다". 홀로 설 힘이 없으면 서로 뒤엉켜 밀어주고 버텨준다. 한 포기 한 포기의 풀은 서로 뿌리로 연결되어 있다. 바람보다 먼저 누운 풀이 왜 바람보다 먼저 일어나는 기적의 힘(김수영, 「풀」)을 연출하겠는가? 구부러지고 꺾이면서도 풀은 특유의 유연성으로 끝내는 살아남는다. 온몸으로 땅의 숨결을 빨아들여 들판을 온통 유유히 흔들리는 풀들의 세계로 뒤덮는다.

잠깐 한눈을 파는 사이에 풀은 저기까지 달려갔다가 여기까지 달려온다. 시인은 "초록 음파/ 8Hz의 소리로 서로에게" 외치는 "풀들의 언어"에 주목한다. 풀들의 언어는 침묵의 언어에 가깝다. 인간의 귀에는 들리지 않는 저 작은 소리로 풀들은 서로를 밀어주고 서로에게 기대는 작지만 드넓은 세계를 드러낸다. 풀은 자기를 고집하지 않는다. 피어야 할 때는 피고, 져야 할 때는 지는 게 풀의 생리다. 시인은 "매 순간 새로워지는 가난한 자리"로 '풀의 영토'를 표현한다. 풀들이 꾸리는 영토에는 경계가 없다. 경계가 없는 자리에서 풀들은 끊임없이 흔들리며 경계가 없는 또 다른 세계를 이룬다. "부드러운 등허리"로 서로의 몸을 비비며 "초록 음파"로 뒤덮인 세계를 만끽한다.

「구인사 내려가는 길」을 보면, 초록 음파로 뒤덮인 세계는 수많은 생명이 피우는 향기로 넘쳐난다. 아무나 이 향기를 맡을 수는 없다. "가당치 않게 허튼 짓거리 놓아두고 가란다"라는 시구에 나타나는바, 자기를 내려놓은 사람만이 이 향기를 온전히 맡을 수 있다. 자기 욕망에 충실한 사람일수록 허황한 생각에 빠져 허튼 짓거리를 하는 법이다. 시인은 "썩은 내 풍기는" 이 냄새를 해우소에 남기고 휘적휘적 산문을 나선다. 썩은 내가 가신 자리에 곧바로 사물의 온전한 향기가 스며들지 않는다는 점을 시인이 모를 리 없다. 그것을 알면서도 시인은 향기를 풍기는 온갖 사물들을 향해 허리를 깊숙이 숙이고 산을 내려간다. 허리를 숙여 자기를 낮추는 데서 하심下心이 시작된다. 하심은 사물의 입장으로 이 세계를 들여다보는 마음을 가리킨다. 자기를 중심에 세운 존재는 그래서 하심에 이를 수 없다. 김영석 시에 면면히 흐르는 불교적 맥락은 이로써 설명될 수 있다고 하겠다.

네게로 간다
달빛 향 미친 홍도화 가지 끝에서
몽골 초원 바람 끝까지
작고 하찮은 것에서
별빛이 닿는
눈가에 깊이 파인 넉넉한 주름까지

천년쯤 걸리는 길이다
—「어상천 가는 길」 부분

사는 게 견디어내는 일인 줄
이제야 깨닫다니
아프기도 많이 아파했는데
해 질 무렵 그림자 길게 늘어지고
이 겨울 마음 추워진다
좁고도 길기만 하구나 네게 가는 길은
나뭇잎은 떨어지고 흙이 되고
또 떨어지고
—「우리 둘은」 부분

소금기 질척한 어시장 지나
생선들 한 무더기 누워있는

어둑한 부두 끝을 지나면
마음 꺼내놓고 덜어내고
이르는 길 그 끝에
무상의 아름다움
소란하지 않아 꾸미지 않아
어여쁜 동해 귀퉁이
너 닮은 이쁜 작은 어항
—「방파제 끝」 부분

나에게 철없다 한다 아이같단다
흉보는 것이겠지만 듣는 나는 기분 좋다
아이가 된다는 것은
강으로 가는 것
춤과 가락으로 이루어진
강의 한줄기 된다는 것
—「축제」 부분

불교의 무아無我는 자기를 기준으로 이것과 저것을 나누는 자아를 부정한다. 붓다는 분별심을 버리라고 말했다. 사물에 덧붙은 의미란 이러한 분별심의 결과라고 할 수 있다. 사물을 사물 그대로 보려는 시 정신이 불교적 세계관과 이어지는 이유는 여기에 있다. 시인은 사물에 억지로 의미를 붙이려고 하지 않는다. 그러기는커녕 사물 자체에 내포된 힘을 파악하는 데 온 힘을 기울인다. 이를테면 「어상천 가는 길」에서 김영석은 "작고 하찮은 것에서/ 별빛이 닿는/ 눈가에 깊이 파인 넉넉한 주름까지" 들여다보는 힘에서 시

정신의 근원을 찾는다. "천년쯤 걸리는 길"이라는 시인의 말마따나 쉬이 이를 수 없는 길이다. 쉬이 이를 수 없는 길인 걸 알면서도 수많은 이들이 이 길을 걷고 있다.

「우리 둘은」에서는 이 길이 "나뭇잎이 떨어지고 흙이 되고/ 또 떨어지"는 무한한 시간의 길로 표현된다. 나뭇잎이 흙이 되고, 그 흙에서 다시 나뭇잎이 피어나는 시간은 얼마나 길고도 먼 시간인가. 자연 사물이라면 어김없이 거쳐야 하는 이 현상을 보며 시인은 "사는 게 견디어내는 일인 줄/ 이제야 깨닫다니"라고 쓰고 있다. 삶을 견디는 일은 삶을 있는 그대로 받아들이는 일과 다르지 않다. 그저 고통을 견디는 게 아니라는 말이다. 떨어진 나뭇잎은 흙이 되어 다시 나뭇잎으로 피어난다. 한 생명이 다른 생명으로 이어지는 과정이 있기에 좁고도 길기만 한 이 길을 우리는 꿋꿋이 견디며 걷는다. 뭇 생명에 드리워진 무한의 시간이란 바로 이 지점에서 생성된다고 봐도 좋겠다.

무한의 시간과 접한 자리에서 시인은 "무상의 아름다움"을 발견한다. 「방파제 끝」에 펼쳐지는 "너 닮은 이쁜 작은 어항"은 소란하지 않고 꾸미지 않은 사물을 그대로 닮았다. 누군가의 눈에는 아무런 가치가 없는 장소이지만, 시인의 눈에는 이만큼 아름다운 장소가 따로 보이지 않는다. 작은 어항은 소금기 질척한 어시장을 지나야 나온다. 어시장을 가득 채운 인간의 욕망을 "꺼내놓고 덜어내고/ 이르는 길 그 끝에" 꾸미지 않아 참으로 아름다운 어항이 펼쳐진다. 여기에 이르려면 무엇보다 지독한 욕망으로 들끓는 마음을 완전히 내려놓아야 한다. 꾸미지 않은 마음으로 무상의 아름다움을 즐길 줄 알아야 한다.

「축제」를 따르면, 꾸미지 않는 마음은 철없는 아이로 사는 마음과 밀접하게 연동되어 있다. 시인은 '아이-되기'를 "강으로 가는 것/ 춤과 가락으로 이루어진/ 강의 한줄기 된다는 것"이라고 이야기한다. 아이는 쓸모로 사물을 판단하지 않는다. 사물을 사물 그대로 판단하는 아이를 사람들은 철없다고 말하지만, 그 철없음으로 아이는 강 하나를 온전히 품는 힘을 얻는다. 아이-되기는 아이를 흉내 내는 게 아니라 아이가 '되어' 사는 것이다. 아이는 반복되는 일상에 매이지 않는다. 어제와는 다른 삶을 오늘 살고, 오늘과는 다른 삶을 내일 산다. 시인이라고 다를까? 철없는 시인은 오늘도 춤과 가락으로 이루어진 강의 한줄기가 되어 유유히 흐르는 꿈을 꾼다. 시작이 있고 끝이 있는 삶이 따로 있는 게 아니다. 시작과 끝은 늘 하나로 어우러져 있다.

끝물이라고 꼭 끝이 아닌 것이
지난 늦가을 끝에서 헤매이던 씨앗 몇 개
그러모아 밭고랑에 숨겨두었더니
이 환한 아침
젖니 물고 나온 민들레
시간을 끌어모아 새순에 힘을 더한다
이제는 끝이라고 손 흔들지도 않고 떠나가는 너나
끝에서 남아 있는 나나
지금의 우리는 모든 것 포기하고 싶은 때
고샅에서 비스듬히 자라는 제비꽃
엉키며 자라는 환삼덩굴도 서로 어우러져
풍경이 되고 또 다른 시간을 만든다

이제 잊혀질 끝물에 서서 삐뚤게 자라든 곧게 자라든
제각각의 시간 영글고
끝을 다듬는 씨앗 받으며
네가 머물 방 하나 청소해 놓는다
—「끝물」 전문

자연의 시간은 일직선으로 흐르지 않는다. 지난 늦가을 끝에 밭고랑에 숨겨둔 씨앗 몇 개는 때가 되면 이내 싹을 틔운다. 중요한 것은 지금이 어느 '때'인가 하는 점이다. 새순이 피어나야 할 '때'가 오면 새순은 어김없이 피어난다. 오늘 아침 "젖니 물고 나온 민들레"는 한겨울의 냉혹한 시간을 땅속에서 끌어모아 새순으로 피워냈다. 김영석의 시에는 때가 되면 서로 어우러져 "풍경이 되고 또 다른 시간을" 만드는 사물들로 넘쳐난다. 민들레 새순이 그렇고, 고샅에 핀 제비꽃이 그렇다. 민들레가 민들레의 시간을 산다면, 제비꽃은 제비꽃의 시간을 산다. '또 다른 시간'이란 바로 이런 시간을 의미한다. 사물들 저마다 시간을 살고, 그 시간 속에서 삶과 죽음을 반복한다.

'끝물'이라는 시어에서 시인은 여전히 흐르는 시간을 엿본다. 끝물이 있어야 만물이 있는 법이다. 만물이 있어야 끝물이 있다고 말해도 상관없다. 만물과 끝물은 뫼비우스의 띠처럼 하나로 이어져 자연 순환의 길을 열어젖힌다. 우리가 분명히 알아두어야 할 것은, 자연 순환은 같은 것의 반복이 아니라는 점이다. 올해 핀 꽃과 내년에 피는 꽃을 어떻게 같다고 말할 수 있을까? 시간 속에서 모든 사물은 다시 피어나고 거듭 피어난다. 끝물은 한 생명이 다른 생명으로 이어지는 시간의 접점이라고 할 수 있다. 사물의 시간은 그렇게 또 다른 사물의 시간으로 흘러간다.

「분꽃」에 표현되는 "까만 시간을 품은 씨앗"을 가만히 음미해 보라. 까만 시간 속에서 무르익은 씨앗은 나무가 되고 꽃이 되고 보라매가 되고 향유고래가 될 수 있다. 씨앗만큼 열린 시간을 그 안에 품고 있는 게 어디 있을까? 시인의 말마따나, "땅으로 몸 숨기는 씨앗은/ 꽃보다 진한 목숨이다". 당연한 말이지만, 씨앗은 꽃을 품고 있다. 씨앗 없이 피어나는 꽃은 없다는 말이다. 동시에 꽃 또한 그 안에 씨앗을 품고 있다. 시인은 꽃과 씨앗을 '목숨'이라는 시어로 잇고 있다. 씨앗은 꽃이라는 '목숨'으로 피어나고, 꽃은 씨앗이라는 '목숨'으로 갈무리된다. 목숨과 목숨으로 이어진 이 촘촘한 그물망을 시인은 '까만 시간'이라는 시구에 담아 표현한다.

장선리 고갯마루에
속 텅 빈 느티나무 저처럼 낡고
허물어진 담벼락에 기대어 서 있다
속 깨끗이 비워내서 쓰러질 듯 초췌한 몸
이 환한 봄에 이제는 편하게 누이나 싶었는데
검버섯 주름 사이 빈 몸 구석에
작은 명주이끼, 참이끼 포자 터트려
제집인 듯 올망졸망 파랗고
쥐꼬리망초, 진득찰, 쇠무릎
저마다 자기 명패 달고 한 살림 들인다
새순 날 자리 조금 남겨놓고

연두초록파랑 새 단장하는 것이다
새초롬 느티나무 늙은 몸을
손잡아 이끈다
생을 더 한다
—「장선리 느티나무」 부분

허물어진 담벼락에 간신히 기대어 선 느티나무가 있다. 속이 텅 빈 느티나무는 지금 "속 깨끗이 비워내서 쓰러질 듯 초췌한 몸"을 하고 있다. 끝물에 이른 느티나무는 이토록 환한 봄에도 이제는 편히 눕고 싶기만 하다. 스스로 생명의 꽃을 피우기엔 느티나무가 살아온 시간이 너무나 길다. 놀라운 일은 바로 이 순간에 일어난다. 검버섯 주름이 핀 빈 몸 구석에서 "작은 명주이끼, 참이끼 포자 터트려/ 제집인 듯 올망졸망" 새로운 세계를 만든다. 한 생명이 지면 다른 생명이 피어난다고 했다. 목숨과 목숨은 서로 이어져 또 다른 시간을 만들어낸다고 했다. 장선리 느티나무에게 작은 명주이끼, 참이끼 포자는 "까만 시간을 품은 씨앗"(「분꽃」)과 같다. 느티나무가 이른 끝물 자리에서 다른 목숨들의 까만 시간이 분출된다.

속 텅 빈 느티나무 몸 안에 쥐꼬리망초, 진득찰, 쇠무릎 등이 저마다 자기 명패를 달고 한 살림을 들였다. 느티나무의 초췌한 몸은 이제 수많은 생명이 거처하는 장소로 거듭났다. 느티나무는 여전히 느티나무의 시간을 산다. 오랜 시간을 견뎌온 몸 구석구석에 검버섯 주름이 번졌지만, 느티나무는 텅 빈 몸으로 들어온 또 다른 생명의 까만 시간을 마다하지 않는다. "새초롬 느티나무 늙은 몸을/ 손잡아" 이끄는 생명(의 씨앗)이 있기에 느티나무는 아직도 이 환한 봄을 만끽할 수 있다. 시인으로서 김영석의 눈은 늙은 느티나무에 새로운 생명을 부여하는 작은 존재들의 세계에 꽂혀 있다. 느티나무가 텅 빈 몸이 되지 않았다면 작은 존재들의 까만 시간이 들어설 자리도 없었을 것이다. 생명과 생명 사이를 가로지르는 틈이 까만 시간을 퍼뜨리는 힘이 된다고 말하면 어떨까?

우리는 과연 늙은 느티나무처럼 텅 빈 몸에 또 다른 생명을 들여 새로운 생을 꽃 피울 수 있을까? 김영석의 시는 무엇보다 이 물음을 시화하는 데 집중되어 있다. 「산사 내려서면」에는 템플스테이를 마치고 산사를 내려가는 화자가 나온다. 텅 빈 마음자리를 들고 일상으로 돌아가면 좋으련만, 여전히 이 사람의 마음은 지독한 욕망으로 가득 차 있다. 버린다고 버려지는 욕망이 아니고 내려놓는다고 내려놓아질 욕망이 아니다. 버리고 내려놓으려는 '욕망'을 낼수록 마음은 더욱더 지옥을 헤맬지도 모른다. 산사와 지옥을 오가는 이 마음결로 시인은 오늘도 자연 이치를 사유하는 시를 쓴다. 그의 말대로라면 "버린다는 것도 놔둔다는 것도/ 흐르는 시냇물 속 같다". 늙은 느티나무는 텅 빈 몸에 연연하지 않고 뭇 생명을 맞아들였다. 텅 빈 몸에 매였다면 느티나무의 새로운 생은 이루어질 수 없었을 것이다.

「관음촌 판각 8년차」에 나오는 불경 구절을 판각하는 사람처럼 시인은 그 무엇에도 매이지 않는 마음으로 시를 쓰려고 한다. 지독한 욕망은 지독한 욕망을 낳을 뿐이다. 이 욕망을 품은 채 어떻게 시를 쓸 수 있을까? 옥타비오 파스는 절벽에서 치명적 도약을 하는 존재를 시인의 운명과 연결했다. 목숨을 걸고 절벽에서 뛰어내린 자만이 사물을 있는 그대로 들여다보는 눈을 얻을 수 있다. 김영석 시를 따르자면, 누군가는 산사에서 대장경 팔만 자를 판각하며 시인의 길을 걷고, 또 누군가는 지독한 욕망을 내려놓음으로써 시인의 길에 이르려고 한다. 김영석이 눈여겨보는 "까만 시간을 품은 씨앗" 또한 이런 맥락과 이어져 있다. 까만 시간은 사물로 열려 있는 시간을 가리킨다. 까만 시간을 품은 씨앗을 퍼뜨리려면 그러므로 사물을 향해 열린 마음이 필수적이다. 김영석은 지금 시인으로서 그 길을 걷고 있다.

김 영 석

김영석 시인은 서울에서 출생했고, 2021년『시문학』으로 등단했다. 2020년 '중원문학상' (시부문)을 수상했으며, 충북 충주에서 활동하고 있다. 충주문인협회 회원, 사람과 시 동인이고, 현대 동양대학교 재직 중이다.
『안녕, 잘 지내지?』는 김영석 시인의 첫 시집이며, '까만 시간을 품은 사물의 시학'으로 잘 축조되어 있다.

이메일　sealove-ys@hanmail.net

김영석 시집
안녕, 잘 지내지?

발　행　2024년 8월 12일
지 은 이　김영석
펴 낸 이　반송림
편집디자인　반송림
펴 낸 곳　도서출판 지혜, 계간시전문지 애지
기획위원　반경환
주　소　34624 대전광역시 동구 태전로 57, 2층 도서출판 지혜
전　화　042-625-1140
팩　스　042-627-1140
전자우편　eji@ji-hye.com
　　　　ejisarang@hanmail.net
애지카페　cafe.daum.net/ejiliterature

ISBN　979-11-5728-549-5　03810
값　10,000원